가슴이 뜨거워지니 그 많던 생각들이 사라졌다

가슴이 뜨거워지니 그 많던 생각들이 사라졌다

초판 1쇄 발행 | 2014년 6월 16일

지은이 | 김지연
펴낸이 | 공상숙
펴낸곳 | 마음세상

주소 | 경기도 파주시 책향기로 337 306-401

사진 | 김효정
일러스트 | 김지연

신고번호 | 제406-2011-000024호
신고일자 | 2011년 3월 7일

ISBN | 979-11-5636-003-2 03810

문의 및 원고 투고 | maumsesang@naver.com   maumsesang@nate.com
홈페이지 | http://maumsesangblog.me
까페 | http://cafe.naver.com/msesang

이 도서의 국립중앙도서관 출판예정도서목록(CIP)은 서지정보유통지원시스템 홈페이지(http://seoji.nl.go.kr)와 국가자료공동목록시스템(http://www.nl.go.kr/kolisnet)에서 이용하실 수 있습니다. (CIP제어번호 : CIP2014017121)

가슴이 뜨거워지니 그 많던 생각들이 사라졌다

김지연 지음

마음세상

당신도 나처럼 생각이 많았나요?

생각은 기본적으로 하게 되는 것이지만 때로는 필요 이상으로 넘칠 때는 곤혹스러울 때가 있습니다. 생각이란 것은 과잉될수록 비관적으로 흐르기 쉽기 때문일 것입니다. 아마도 이러한 기저에는 불안과 두려움, 불확실 등이 작용하겠지요.

전 한때 확실한 것을 좋아했어요. 모호하고 어떻게 될지 모르는 게 싫었지요. 확실하지 않은 일에 마음 두기도 싫어했고요. 그래서 늘 못 박아두길 좋아하고 약속을 받아두곤 했어요. 아마 누구나 그럴 거에요. 하지만 어떤 확답도 분명한 믿음 없이는 쉽게 거짓말이 되고 허언이 되는 것입니다.

안타깝지만 자연스럽게도 세상사 모든 것은 이익을 따라 흐르기 마련입니다. 그렇게 이익을 따져서 머리를 쥐어 짜내서 생각해서 살아가기도 합니다. 그러면서 생각이 점점 늘어나게 됩니다. 때로는 정리가 안 될 만큼, 처음의 목적마저도 흐려지기도 합니다.

어떻게 하면 생각을 덜 하고 살 수 있을지 고민하게 되었어요. 생각을

지우는 명쾌한 방법을 찾기 위해 노력했지만 쉽지 않았어요. 무턱대고 생각을 안할 수는 없더군요.

　좋은 생각은 삶을 이롭게 합니다. 나쁜 생각이 삶을 해치는 것입니다. 그러므로 생각을 모두 지우는 것이 중요한 것이 아니라 불필요한 생각들을 지워가는 것이 중요하다고 생각해요.

　무언가를 아주 사랑하고, 열정을 품으면 그것을 향한 쓸데없는 생각들은 모두 사라지고 오직 그것을 위해 정진해야 겠다는, 절대로 포기하지 말아야 겠다는 생각만 남게 되더군요. 누군가를 사랑하는 일, 일을 사랑하는 일도 그러하더군요. 불안하고 비관적인 생각으로 스스로 괴로움을 자초하는 것은 불신하고 열정을 품지 못하기 때문이에요.

　이익을 위주로 살아가게 되면 가슴이 뜨거워지기가 어려워요. 그래서 생각이 자꾸만 넘쳐나게 돼죠. 가슴이 뜨거워지면, 애정을 갖게 되면, 열정을 갖게 되면 생각은 절대로 과잉되지 않아요.

김지연

가슴이 뜨거워지니 그 많던 생각들이 사라졌다

그 많은 생각들이 사라졌다

생각이 너무 많아져 괴로운 날이 있다

생각을 없애보려고 갖은 노력을 하기도 했다

자꾸만 생각이 나를 옭아맨다

어느 날 알았다

왜 생각이 많아졌는지

그건 가슴이 차가워졌기 때문이었다

생각이란

나 스스로 내 마음으로 뿌리는

하얀 눈이다

누군가는 하얀 숲이 아름답다 말하겠지만

생각이 많아질수록 누군가를 사랑하기도 어려워져

갑갑하게 갇히게 된다

가슴을 뜨겁게 하고 나니

그 많은 생각들이

눈처럼 녹아 사라지기 시작했다

골디락스

생명체가 자라기 위해서는
행성이
태양과 너무 멀리 떨어져서도 안되고
태양과 너무 가까이 있어도 안된다고 한다
너무 차갑지도
너무 뜨겁지도 않은 적절한 거리만이
생명을 탄생시킬 가능성이 있다

누군가를 바라보는 것도
그 사람이 너무 멀리 떨어져 있으면
그 사람을 제대로 바라볼 수 없게 된다
사람은 가까이하라고 하지만
너무 가까이 있으면
그 사람을 제대로 바라볼 수 없게 된다

적절한 거리는
행성이 생명을 품을 수 있게 하고

사람이 사랑을 품을 수 있게 한다

골디락스인 지구에서
살고 있는 우리가
사랑과 불가분인 건 어쩌면
당연한 것일지도

사랑이 무엇인지 알겠다

예전에는 사랑이

내가 좋아하는 것을 함께 하고

내가 그 사람만 바라보듯

그 사람도 나만 바라봐야 하는 것이라고 생각했다

우리 둘 사이에는 아무것도 없어야 할만큼

서로가 가장 소중한 사람이어야 한다고 생각했다

서로 함께 하자는 약속을 어기는 사람이

그저 나쁜 사람이라고 여겼다

이제는 사랑이 뭔지 알았다

그 사람이 좋아하는 것을 존중하고

그 사람이 좋아하는 사람들을 아껴주고

그가 나를 사랑하게 됨으로써

그 사람의 가까운 이들이 소외감을 느끼게 되는 것을

이해하는 것이라는 것을

때로는 그 사람의 행복을 위해

놓아줄 수 있는 것이 진짜 사랑이라는 것을 알게 되었다

그대의 곁을 지키는 사람

그대의 곁에 있는 사람을 바라보라

그 사람은

당신의 곁에 있기 위해서

스스로 원하던 것도 조금씩 포기하고

양보하면서

그렇게

당신의 곁에 있는 것이다

그렇지 않으면

절대로 그는 지금도

당신의 곁에 있을 수 없다

사랑하는 사람이란

꿈보다 더 큰 행복이기에

사랑이 실수가 된다

다른 현실을 무시하고 현재의 감정에만 충실하면

사랑은 언젠가 실수가 된다

상대를 통해 마음을 채우려고 들면

사랑은 시간이 갈수록 불편한 것이 된다

이별

사람은 이별이라는 것을 싫어한다

그래서 이별 앞에서는

아무리 아끼던 사람도 홀대하게 된다

그저 이별이 싫은 것일 뿐

　가슴이 뜨거워지니 그 많던 생각들이 사라졌다

좋은 이별

헤어질 때는 그 사람의 행복을 빌어주는 것이

그 사람을 잊어버리는 가장 좋은 방법이라고 생각했다

더 좋은 방법은

그 사람을 걱정하면서

함께 있어 주지 못해

미안해서 눈물을 흘리면서

헤어지는 것이 가장 좋은 이별이다

공감

남의 상처를 함부로 공감하거나
위로해서는 안 된다
모든 상처는 결국 가시다
가까이 가면 상처받게 되어 있다

감추다

싫어하는 사람을 너무 몰아붙이지 마요
사랑하는 사람이 생기면
그 사람도 몰아붙이기 쉬워요
감정을 감추는 연습은
미움부터 시작해야 해요

흡수

사람은 서로 만나면

어떤 한 사람이 어떤 한 사람에게 흡수가 된다

흡수가 되는 쪽이 약하고 돈이 없고

작은 존재일 것 같지만 실상 그렇지 않다

흡수가 되는 사람은

편견이 있는 사람

착각에 빠진 사람

누군가를 미워하는 사람이다

마음이 차가운 사람은

마음이 따뜻한 사람에게 흡수가 되고

냉소적인 사람은 열정적인 사람에게 흡수가 된다

그것은

이 세상에 너무 많은 사람들이 살고 있기 때문이다

행복과 불행 사이

다른 사람이 나를 아껴주고
나에게 관심 가져주고 잘해준다고
내가 행복해지는 것이 아니며

다른 사람이 나를 미워하고
무시하고 홀대한다고
내가 불행해지는 것이 아니다

행복과 불행은
타인의 변심에 동전처럼 뒤집어지는 것이 아니다
내가 나를 사랑하고
나를 믿으면 그것은 행복이고
나 자신을 믿지 못하면 것이 불행이다

28   가슴이 뜨거워지니 그 많던 생각들이 사라졌다

거짓말을 하면 왜 화가 날까?

누군가의 거짓말에 화가 나는 이유는
속았기 때문이 아니라
그 사람이 결국
나에게 마음을 열지 못했다는 것을
인정해야 하기 때문에

사랑한다는 것

누군가를 사랑한다는 것은

그 사람의 불행까지도 모두 껴안아주는 것이다

더 이상 사랑하지 않는다는 것은

그 사람의 불행을 경멸하는 것이다

선택

능력있는 사람보다
나를 사랑해주는 사람을 택해야 한다
사랑해주는 사람은
어떻게든 나를 지켜준다
사랑을 포기하고
돈을 선택하는 것은
사랑을 선택하지 않았기 때문이 아니라
사랑에게 버림받았기 때문이다

가슴이 뜨거워지니 그 많던 생각들이 사라졌다

　　가슴이 뜨거워지니 그 많던 생각들이 사라졌다

불행의 전염

누군가를 가까이해서
누군가와 함께 하면서
불행해졌다면
그 사람이 나에게
자신이 하기 싫은 일을 미루면서 살기 때문이고
혼자서 해결 못하는 고민들을
나에게도 떠넘겼기 때문이다
편견이란 때로 소중한 인생의 노하우처럼
머릿속에 자리잡기도 한다

그 사람이 떠나간 이유

사랑하는 사람이 왜 널 떠나가려고 하는지 아니
네가 보여준 미소가
네가 보여준 그 마음이
가싸라고 생각했기 때문이야

만일 네 미소가 진짜였다면
네 마음이 정말 진짜였다면
그는 절대로 너를 놓지 않아

물론 너는 진짜인데
그 사람이 혼자 마음대로 생각한 것일 수도 있어

네 마음이 진짜라면
아마도 돌아서는 그 사람을 감싸줄 수 있을 거야

다음 번에도 사랑에 성공하고 싶다면
떠나간 사람을 원망하지 말고
누군가를 진짜로 좋아해보려고 해봐

　가슴이 뜨거워지니 그 많던 생각들이 사라졌다

가까이

나에게 마음이 가득 있는 사람은 가까이 해도 좋다
내가 좋아하면 잘 지낼 수 있다
나에게 마음이 없는 사람도 가까이 해도 좋다
앞으로 마음을 함께 만들어보면 된다
하지만
나에게 마음이 아주 조금 있는 사람은
가까이 해서는 안 된다
내가 아무리 노력해도
그는 마음을 조금 주다가도 아까워서 도로 감추고
나와 가까워지고 나서도 자주 후회하게 된다

마음이 조금 있다는 것은 가장 어렵고 힘든 것이다

40   가슴이 뜨거워지니 그 많던 생각들이 사라졌다

빛

.

사랑을 받으면
나를 사랑해주는 사람이
잘못을 저질렀을 때
옳지 않다는 것을 깨닫는 것이
불가능해진다
그래서 사랑도 빚이다

가슴이 뜨거워지니 그 많던 생각들이 사라졌다

불화

누군가와 불화한다는 것을 많은 것을 잃는다는 것을 의미한다
누군가를 미워하는 것은 스스로 잃는 것을 허용하는 것이다
누군가와 사이가 좋다는 것은 그 반대다

절연

누군가를 뜨겁게 사랑하는 것보다
더 중요한 것은 슬기로운 절연이다

사랑은 더 많이 사랑하는 사람을 불태우지만
적절한 절연은 누구도 해치지 않는다

부모님 때문에 배우자와 멀어져서도 안 되고
자식 때문에 배우자와 멀어져서도 안 되고

삶의 변화를 이끄는 것은 분노다
분노가 원색적인 말과 행동이 되면
무엇이든 실패하기 쉽지만
침묵의 방법으로 예의바르게 풀어나가면
싸우지 않고도 변화를 꾀할 수 있다

배우자

나를 사랑하는 사람이 배우자가 되는 것이 아니었다
나를 버리지 않는 사람이 나의 배우자가 되는 것이었다

누군가 나를 떠났다면
내가 그를 사랑하지 않아서다
사랑한다면 무엇이든 내 곁을 떠나지 않는다

　가슴이 뜨거워지니 그 많던 생각들이 사라졌다

가슴이 뜨거워지니 그 많던 생각들이 사라졌다

용서

사람이 너무 용서를 하지 않고 살면
그만큼 손해를 본다

거짓말은 누구나 화나게 한다
자신의 이익을 위해 거짓말을 하면
미워해도 좋지만
자신의 자존심 때문에 거짓말을 한 사람에게
조금 이해해줘도 좋다

마음이 괴로운 이유

사랑하면 무조건 성공할 것이다

집착하면 무조건 실패할 것이다

사랑하면 괴롭지 않다

집착하면 괴롭다

상처

누군가에게 상처를 주는 이유는

내가 가진 상처에서 벗어나고 싶기 때문이다

가슴이 뜨거워지니 그 많던 생각들이 사라졌다

가슴이 뜨거워지니 그 많던 생각들이 사라졌다

가슴이 뜨거워지니 그 많던 생각들이 사라졌다

속마음

사람은 속마음을

마음 속에 흙을 조금 파내고

그 속에 넣어둔다

그리고 흙으로 감춰준다

누구도 속마음을 묻어두지 않는다

마음이란 그 흙속에서 숨쉬며 도사리는 것이다

바람이 불고 비가 오면

드러난다

목련

목련이 피었다

봄비가 오더니 꽃도 지는구나

나뭇가지에 새들이 앉았다

참 아름다운 풍경이다 생각했는데

새가

목련 꽃잎을 쪼아 한 장 한 장 떨어뜨린다

멀리서보면

새와 꽃은 서로 어울리는 것 같지만

사실

새와 꽃은 함께 어울리지 않는다

　　가슴이 뜨거워지니 그 많던 생각들이 사라졌다

친해지다

누군가와 친해지면
그동안 알지 못했던 많은 것을 배우게 되고
타인이 나를 좋아하게 되면
나는 인생이 바뀔 만큼 큰 도움을 받을 수도 있다

이기심

사람을 최초로 움직이게 하는 건
사랑도
행복도 아닌
이기심이다

　　가슴이 뜨거워지니 그 많던 생각들이 사라졌다

쓸모

누군가가 나를 버렸다면
그건 내가 쓸모가 없기 때문이고
내가 그 사람에게 매달린다면
그건 나 스스로 내가 쓸모 없음을 인정하는 것이다
나를 버렸던 사람이 어느 날 연락하는 것은
불현듯 내가 쓸모가 생겼기 때문이고
내가 그 사람을 무시해야 하는 이유는
나는 또 그 사람에게 쓸모가 없어질 것이기 때문이다

옆자리

나의 옆자리에 누구를 둘지 정해두지 않으면

아무나 내 옆에 왔다가 간다

비워둔 자리에 아무나 앉았다가 떠나게 하지 않으면

이 사람이다 싶은 사람이 있을 때

내 옆자리를 채워야 한다

상처준 사람

사람은 자신이 가진 것을 잃고 나서야
비로소
자신이 상처줬던 사람을 생각하게 된다
그리고 그 사람이 주었던 사랑에 관해서
생각하게 된다

다시 만나면 안 되는 이유

헤어졌던

삐걱거렸던 사람을 다시 만날 필요가 없는 이유가

다시 만나도 그 사람이 변하지 않기 때문이라고 생각했었다

그래서 또 같은 상처를 받고

헤어지게 되리라는 근심 때문이었다

하지만 아니었다

사람은 누구나 세월이 흐르면 변하게 되어 있다

다만 변하지 않는 것은

내가 그 사람에게 바라는 것이다

가슴이 뜨거워지니 그 많던 생각들이 사라졌다

불안

믿음이란 맹목적이어서도 안 되고
없어서도 안 되니
마음이 불안하지 않을 정도만
가지면 된다

멈춤

세상이 내가 없어져도

돌아가지 않았으면!

야속해도 너무 잘만 돌아간다

이 세상이 지옥처럼 느껴지는 건

그저 불행한 사람들의 공통점

내가 없어지면

사랑했던 사람들의 일상들이

　가슴이 뜨거워지니 그 많던 생각들이 사라졌다

잠시 멈추고 휘청거린다

물론 시간 지나면

다시 원래대로 돌아가겠지만

그래서 지금 많이 행복하고

많이 사랑해야만 한다

　　가슴이 뜨거워지니 그 많던 생각들이 사라졌다

사랑은 왜

사랑은 어떻게

너 없이도 잘 살아가던 내가
어째서 너 없이는 살아갈 수 없게 된 것일까

내가 널 너무 사랑해서 그런 것이 아니라
나는 나 자신을 잃었을 뿐

네가 영원히 내 곁을 지킨다고 해도
언젠가 나는 나 자신을 찾게 될 것이다

가슴이 뜨거워지니 그 많던 생각들이 사라졌다

사랑이 불편한 이유

나는 애착이 없는데
누군가가 인생에 중요한 자리에 서면
내가 그에 대해 갖는 관심은

대개 미움이 되기 쉽다
때로 그것이 시간이 지나
사랑이 된다고 해도
나는 그 사람을 소유하려고 할 것이다

　　가슴이 뜨거워지니 그 많던 생각들이 사라졌다

나는 흔한 사람이다

나는 흔한 사람이다
어쩌면 사소한 사람이다
하지만 내가
변치 않는 마음과
뜨거운 열정을 가지고 있다면
특별한 사람이 된다
대단한 사람이 된다
연봉이 적어도
흔들리지 않는 강력한
믿음을 가지고 있다면
내 일은
최고의 직업이 된다

가슴이 뜨거워지니 그 많던 생각들이 사라졌다

불행의 힘

누군가의 불행을 잘못 건드리면
모든 것을 잃을 수도 있다
그러니 때로는 위로도 위험하다
불행한 사람은
그 잘못을 내세워
가차없이
타인의 삶은 빼앗는다
그래서 그 불행은
좀처럼 끝나지 못한다
불행이란
존중 받을수록
오래가기에

　　가슴이 뜨거워지니 그 많던 생각들이 사라졌다

치명적인 것

치명적인 것이란
한때는 다시 오지 않을 빛나는 기회였으나
훗날에 실수가 되는 것이다

진짜 사랑

아무리 열렬해도
다른 사람에게 상처를 주는 사랑은
결국은 나중에 실수가 된다

진짜 사랑은
모두를 행복하게 한다

사랑이 나를 아프게 하는 것 같아도
내가 아픈 것은
사랑이 사실은
사랑이 아닌 다른 무엇이기 때문이다

가슴이 뜨거워지니 그 많던 생각들이 사라졌다

아까워서 주지 못한 것

아까워서 주지 못한 것이
팔고 남은 떡이 된다
내가 가지면 영원하지만
누군가가 관심을 가져줄 때는 잠깐이다
다른 사람이 원할 때가
내게는 기회다

　가슴이 뜨거워지니 그 많던 생각들이 사라졌다

사랑하는 방법

자식을 아끼고 사랑하기에
다른 사람에게도 사랑받는 사람으로 만들고 싶다
누군가에게 보호받고
누군가가 지켜주는 사람으로 만들고 싶어진다
하지만 그렇지 않다
누군가를 사랑할 수 있는 사람으로
만들어주는 것이
가장 최선의 방법이다

종이배

종이배 고이 접어 물가에 띄우면

종이배는 막상 갈곳이 없다

하지만 처음으로 돌아오지는 않는다

마음이라는 것이

바로 그 종이배와 같다

이제 떠나갈 집이니

고장난 부분이 있어도 고치지 않고

이제 떠날 사이니

마음을 덜 쓰게 된다

하지만 시간이 지나고 알겠다

오래 살았던 집이니

좋은 흔적만 남겨야 하고

시간을 함께 했던 사람이니

그 사람에게는 좋은 기억만 남겨줘야 한다는 것을

그게 나중에 다 나의 행복이 된다는 것을

식사하는 동안

친구와 밥을 먹는데 눈이 내렸다
집에 갈 생각에 걱정이 돼서
밥이 맛있는 지도 모르고 먹었다
밥을 다 먹고 나니 눈은 그쳤다
잠시 비가 왔던 것처럼
땅은 조금 젖었을 뿐이다
좋아하는 친구와
눈 내리는 풍경을 보면서 밥을 먹으며
와, 아름답다 말했으면 어쩌면 더 좋았을 텐데

지금 느끼는 아픔도
언젠가 막을 내린다
끝나지 않을 것이라 생각하면
언제나 걱정속에서만 살게 된다

진짜 사랑

진짜 사랑은 사랑이 무엇인지 알게 하고
그렇지 않은 것은
사랑이 아무것도 아니라고 깨닫게 한다

　가슴이 뜨거워지니 그 많던 생각들이 사라졌다

뜨거운 사랑

치사하고 욕심 많고
이기적인 사람이
진짜 사랑에 빠지면
불꽃같은
사랑을 한다
누군가를 좋아해도 그렇다
좋아하면
불덩이처럼
따뜻한 사람이 된다

그러니
그런 사람 만나도
너무 싫어하지 말고
그 사람과 가까워지는 것도
나쁘지 않다

최선을 다하는 일

타인에게
나의 기준에 맞추도록 강요하는 것을
최선을 다하는 것이라고
생각해서는 안 된다

나는 최선을 다했다고 하지만
사실은 아무것도 하지 않았을 지도 모른다

가슴이 뜨거워지니 그 많던 생각들이 사라졌다

비슷하면서도 완전히 다른 것

세상 살기가 어려운 건
경쟁과 정을 함께 해야 하기 때문이다
경쟁을 하는 동시에
정도 함께 품어야 한다
경쟁에만 집착하면
1등이 되고도 도태된다
서로 다른 두 가지를 함께 품어야 한다

누구도 사랑할 수 없다

사랑에 목마르면
사랑해주는 사람을
공격하기 마련이다

선물

선물은 어떻게 하면 좋을지 생각해본다

친해지고 싶은 사람에게 선물을 줘서
친해져볼까

그동안 잘 지냈던 사람에게
선물을 줄까

세속적으로 생각해서
앞으로 잘 지내야할 사람을 챙기는 게 나을 것 같지만

어차피 서로 별 관심이 없을 때는
선물은 주나마나다

좋아하는 사람에게 마음을 담아 선물을 줄 때
그건 가장 큰 행복이다

성공의 조력자

성공은

나의 노력과

누군가의 진심이 있었기에

가능하다

부도덕

부도덕한 것이 규칙이 되면

잘못된 것을 저지르고도

양심의 가책을 느끼기 쉽지 않다

모든 것은 규칙이 잘못된 것 같지만

실상 무서운 것은

부도덕한 규칙을 만든 사람이 아니라

부도덕한 규칙을

지키는 사람들이다

가슴이 뜨거워지니 그 많던 생각들이 사라졌다

재회

다시 만나는 것
그건 처음 만나는 것과 비교할 수 없게
힘든 것이다

과거에
나의 잘못으로 그가 떠났다면
내가 과연 그 잘못을 또다시 저지르지 않을지

그가 자신의 이익을 위해 나를 떠났다면
그가 또 자신의 이익을 위해 나를 떠나가지 않을지

생각해보면 답은 간단해진다

헤어질 시간

가장 아끼고 사랑하는 사람마저

나를 비난한다면

나에게는 진짜 변화가 필요한 것이다

그 변화 중 하나가

바로 가장 사랑하던 사람을 버리는 것이다

덕

내가 스스로 불행하다고 생각하면
내 주변의 사람은 나 때문에 더 불행하고
내가 불행한 것은
대부분 내가 덕이 없기 때문이다

가슴이 뜨거워지니 그 많던 생각들이 사라졌다

좋아한다는 것

누군가를 좋아하게 되면
그 사람이 가진 것을 내 것처럼 여기기 쉽다
그래서
내가 갖고 싶은 것을 가지고 있는 사람에게
호감을 갖기가 쉽다
하지만
그 사람이 가진 것은
결코 내 것이 될 수 없다
내가 좋아하는 사람에게 늘 상처받는다면
그건 사랑이 아니었기 때문이다

사는 게 어려우면

사는 게 힘들고 괴로우면

내게 상처준 사람을

용서하지 말아야 할 사람을

좋은 사람이었다고

생각할 수 있다

사랑은 위험하다

사랑은 위험하다

아무 감정도 없는 사람을 미워하기는 힘들다

하지만 사랑했던 사람일수록

작은 부딪힘에도 미워하기가 쉽다

가슴이 뜨거워지니 그 많던 생각들이 사라졌다

그리운 이유

누군가가 그리울 수 있는 건
내가 그 사람을 좋아했기 때문이 아니라
그 사람이 나를 좋아했기 때문이다

가슴이 뜨거워지니 그 많던 생각들이 사라졌다

늘 상처 받는다면

늘 사랑에 상처받는 다고 해도

다음번 사랑에 두려움을 느낀다면

그건 어쩌면 내가 지금껏 많은 잘못을 했었던 지도

열등감

．

열등감이 동기가 되어
부러워하는 사람을 동경하게 되면
절대로 행복해질 수 없다
부러웠던 사람을 버림으로서
나 자신을 찾고 행복해질 수 있다

하지만
내가 부러워했던그 사람이
나를 정말 사랑했을 수도 있다
그 사람의 상처를 돌아보기란
오랜 시간이 걸린다

가슴이 뜨거워지니 그 많던 생각들이 사라졌다

빛나는 사람

사랑하는 사람은 나에게만 빛나는 사람이어야 한다

다른 사람에게도 빛나는 사람이면

그가 나를 사랑하기 때문에

나는 비난 받고

나를 사랑했던 그도

자신을 좋아해주는 다른 사람의 말을 듣고

나를 결국 미워하게 될 것이다

거짓말

사랑하는 사람도 내게 거짓말을 한다
그 거짓말에 속지 않는 것이
사랑하는 사람을 지키는 방법이 된다
거짓말은
자기 자신을 속이지 않으면
할 수 없는 것이다

그물

쉽게 이기심이 채워졌다면
그건
누군가의 그물에
걸려들었기 때문이다

가슴이 뜨거워지니 그 많던 생각들이 사라졌다

건망증이 생기는 이유

뭔가를 꼭 잊지 말아야 해서
절대로 잊지 않을 수는 없으니까
잊지 않기 위해서
꼭 기억해야하는 것을 위해서
무언가를 지워야만 하기 때문에

뭔가를 잊어버리지 않으려면
똑똑히 기억하기 보다
다른 무언가를 지우기가 쉽다

내 마음

내 마음은 혼자 두면 보잘 것 없지만
너를 사랑하면 대단한 것이 된다
내 사랑이 별 것 아니라도
너를 사랑하면 언젠간 내 사랑이
너에게 살아갈 힘이 될 것이라고 믿어

가슴이 뜨거워지니 그 많던 생각들이 사라졌다

가슴이 뜨거워지니 그 많던 생각들이 사라졌다

기억나지 않는 것

내가 기억나지 않는 것은
생각나지 않는 것은
모르겠는 이유는
그것이 나의 잘못이거나
누군가에게 상처준 것이기 때문이다

제대로 기억할 수 있는 것은
상처받은 것과
타인의 잘못이다

도움

가슴이 뜨거워지니 그 많던 생각들이 사라졌다

사람은 누구나 타인에게 도움을 주고 싶어 한다

다만

그 사람이

자신이 지고 있는 무거운 짐을 맡기려고 하기 때문에

부탁을 선뜻 들어줄 수 없는 것이다

상처 받는다는 것은

상처 받는다는 것은
스쳐가는 사람에게 나는 그 어떤 의미도 되지 못하고
나를 거쳐간 그 사람이
내게 너무 큰 의미가 되는 것이다

가슴이 뜨거워지니 그 많던 생각들이 사라졌다

누군가 나를 미워한다면

누군가 나를 미워한다면
내가 큰 잘못을 하지 않았는데도
그건 내 속에 품고 있는
두려움 때문이다

사랑하는 사람들 사이

두 사람이 사랑을 하고
서로 가까운데
그 사이에 끼는 건
늘 불편한 것이라고 생각했다

그런데 아니었다
두 사람이 가까우면서도
진짜 사랑하는 마음이 없을 때
그게 진정 불편한 것이엇다

불행한 사람

불행한 사람은

타인이 자신의 불행에 집중해주고

자기 일처럼 챙겨주기를 바란다

그래서 불행한 사람을

가까이하기가 어렵다

불행한 사람에게는

타인의 삶이 눈에 들어오지 않는다

타인의 행복은

불편한 것이다

아름다운 것들

지금 불행하면
가장 아름다운 과거마저도
추하게 느껴진다
생애 번뜩이는 순간마저도
가차없이 버릴 용기도 생긴다

흔들리는 과거들이 모여
불행한 현재를 만든다
그저 아름답기만 하던 과거는
애초에 독을 품은 버섯이었을 수도

못된 사람

못된 사람이
떡 하나 준다고
갑자기 착해지지 않는다

단지 떡 받는 순간에
잠시 기분이 좋아질 뿐

떡을 기다릴 수 있어도

착해지지는 않는다

못된 사람도

싸우는 건 싫어한다

잊지 못하는 사람

그 사람이 날 기억해주지 않는 건
내가 그를 사랑해주지 않았기 때문이다
사람은
자기가 사랑한 사람은 잊어도
자신을 사랑해준 사람을
잊을 수 없다

분노

마음속의 분노가 생기면
작은 바람에도
인생에 금이 생긴다
먼저 사랑하는 사람을 파괴하고
나중에는 나 자신을 파괴하고 나서야
자유로워진다

진짜 행복

누군가에게 희생과 양보를 요구하며

내가 원하는 대로 살아가는 건

진짜 행복이 될 수 없다

누군가를 희생시키며

그 사람을 생각하고

그리워하는 것은

진짜 사랑이 될 수 없다

실수

누군가의 실수가

쉽게 용서되지 않는다면

지금껏 내가 했던 실수들을

돌아보라

그 무엇도 돌이킬 수는 없지만

용서할 수 없는 것들이

용납될 수도 있다

가슴이 뜨거워지니 그 많던 생각들이 사라졌다

반한다는 것

누군가에게 반한다는 것은
누군가를 좋아한다는 것은
때로
그 사람이 나의 단점을 수용해주고
나에게 져주고
나를 위해줄 것 같은 기대감 때문이기도 하다

만일 그렇지 않으면
좋아했던 감정은 눈이 녹듯 순식간에 사라질 수 있다

갑자기 돌변하는 호감일수록
위장된 것이 많다

누군가가 나를 좋아한다는 것은
위험한 감정이다
사람은
자신이 좋아하는 사람이
저지른 소소한 잘못에도
분노하기 쉽다

최고의 이별

가장 좋은 이별은

그 사람이 나 없이도 잘 살 수 있는 것이다

그리고 가끔씩 내 생각을 하면서

그리워하기도 하는 것이다

　가슴이 뜨거워지니 그 많던 생각들이 사라졌다

욕심

욕심이 있는 사람은

다른 사람에게 상처를 준다

욕심 때문에

갖는 착각

열등감

그런 것들이 다른 사람을 아프게 한다

174	가슴이 뜨거워지니 그 많던 생각들이 사라졌다

지켜줄 사람

자기보다 더 강한 사람을
지켜줄 수는 없다
내가 지켜줄 수는 있는 사람은
나보다 힘이 약한 사람밖에 없다

진정한 승리

적을 이김으로서

나는 성취감을 얻게 되지만

적이 불행하지 않아야

나도 진정으로 행복해질 수 있는 것이다

　가슴이 뜨거워지니 그 많던 생각들이 사라졌다

뒷담화

누군가가 다른 사람에게
나의 약점을 말하면 마음이 언짢았다
그건 그 사람이
뒷담화를 했기 때문이라고 생각했다
그런데 좀 더 생각해보니 아니었다
내가 슬픈 건
그 사람과는 친구가 될 수 없다고
마음을 나눌 수 없다고
생각했기 때문이다

착하게 산다는 것에 대한 정의

착하게 살아도

복을 받지 못하면

누군가의 이기심에 놀아나는 것이

착한 것이라고

생각했기 때문이다

외로움

사랑을 받으면 외로워지고
사랑을 하면 외로움과 멀어진다
사랑을 받으며 외로움을 느끼는 이유는
더 받고 싶기 때문이다
욕심이 사람을 외롭게 하는 것이다

가슴이 뜨거워지니 그 많던 생각들이 사라졌다

모든 것은

놀랍게도 세상은 공평해서 패자에게는 행복을 주고
승자에게는 자만을 준다

불행이란
누구도 사랑할 수 없게 되는 것이다

모순

고마워 해야 할 일인데

도리어 미워한다면

그 미움은 절대로 끝낼 수 없는 것이 된다

마음에 없는 사람은 만나면 안 된다

누군가를 만나면서
돈이나 시간이 아까워진다면
그건 사랑이 아니다

사람이 진짜 누군가를 사랑하면
그 사람 때문에 써버린 시간이나 돈은 아까워하지 않는다
그 사람을 그리워하게 된다

조금만

아주 많이 사랑하면 상처받지 않고
조금만 사랑한다면 상처받기 쉽다

너무 멀리 갔다 싶어 돌아봤을 때
되돌아갈 길이 없다면
그건 아무도 나를 기다려주지 않기 때문이다

어느 날 갑자기

인생을 제대로 살지 못하면

언젠가

어느 날 갑자기 사랑이 왔을 때

인생은 망가지게 되고

인생을 생각대로 살아간다면

언젠가 사랑이 왔을 때

행복해진다

어느 날 갑자기 온 사랑은

그런 것이다

그저 잠시 잊혀졌을 뿐

헤어지고 싶을 때는 그동안의 좋은 기억까지 잠시 잊혀졌을 뿐

용서하고 싶을 때는 그동안 받았던 상처들이 잠시 잊혀졌을 뿐

잠시 잊혀진 것들은 다시 생각나기 마련이다

그가 헤어지자 말하면 군소리 없이 보내주면

그는 조금도 너를 미워하지 않는다

사랑했던 사람을 미워하는 것이 아니라

놔주지 않는 사람을 미워하기 쉽다

그가 어느 날 갑자기 연락이 온다면

무심하게 씹어주라

그럼 그는 그때의 이별을 조금이라도 후회하게 될 것이다

　가슴이 뜨거워지니 그 많던 생각들이 사라졌다

배신

자신의 삶을 불행하다고 여기면
가까운 사람에게 상처주거나
배신하는 일이 반드시 생긴다
야비하게도 스스로를 배신하기 까지는 시간이 걸린다

이것이
스스로 행복해져야 하는 첫 번째 이유다

사랑했던 사람이 미워지는 이유

내가 가지지 못한 것을 가진 사람에게 매력을 느끼면
시간이 지나면
그 사람을 미워하게 된다
그 사람이 가진 것은 절대로 내 것이 될 수 없고
그것은 자꾸만 내 마음에 구멍을 남기기에

아름답지만 굳이 가지지는 않아도 되는 것이라면
마음 놓고 좋아할 수 있다

가슴이 뜨거워지니 그 많던 생각들이 사라졌다

희망을 가져야 하는 이유

왜 희망을 가져야 하느냐면
왜 긍정적이어야 하느냐면
왜 용기를 가져야 하느냐면

그것이 유치해도

그것은
나 자신을 지키는 방법이기 때문이다

욕심

욕심이 많으면
스스로 욕심이 많다고 생각하기 보다
스스로 똑똑하다고 생각하기 쉽다

　가슴이 뜨거워지니 그 많던 생각들이 사라졌다

가슴이 뜨거워지니 그 많던 생각들이 사라졌다

좋아한다

누군가 나를 좋아한다는 것은
나에게 어떤 매력이 있기 때문이고
누군가 나를 사랑했다가 미워하는 것은
나에게 치명적인 매력이 있기 때문이다
누군가가 멀어진다는 것은
그 사람 스스로 멀어지는 것이 아니다
내가 먼저 밀어냈기 때문이다

이혼

결혼은 인생의 큰 실수였고
이혼은 그 실수를 바로잡는 일이다

결혼을 하려면 능력이 있어야 하고
이혼을 하려면 보다 더 큰 능력이 있어야 한다

문은 굳게 잠가도
빛과 어둠은 들어온다
사랑과 마음이란
아무리 문을 걸어 잠가도
내 마음 속을 드나드는
빛과 어둠이다

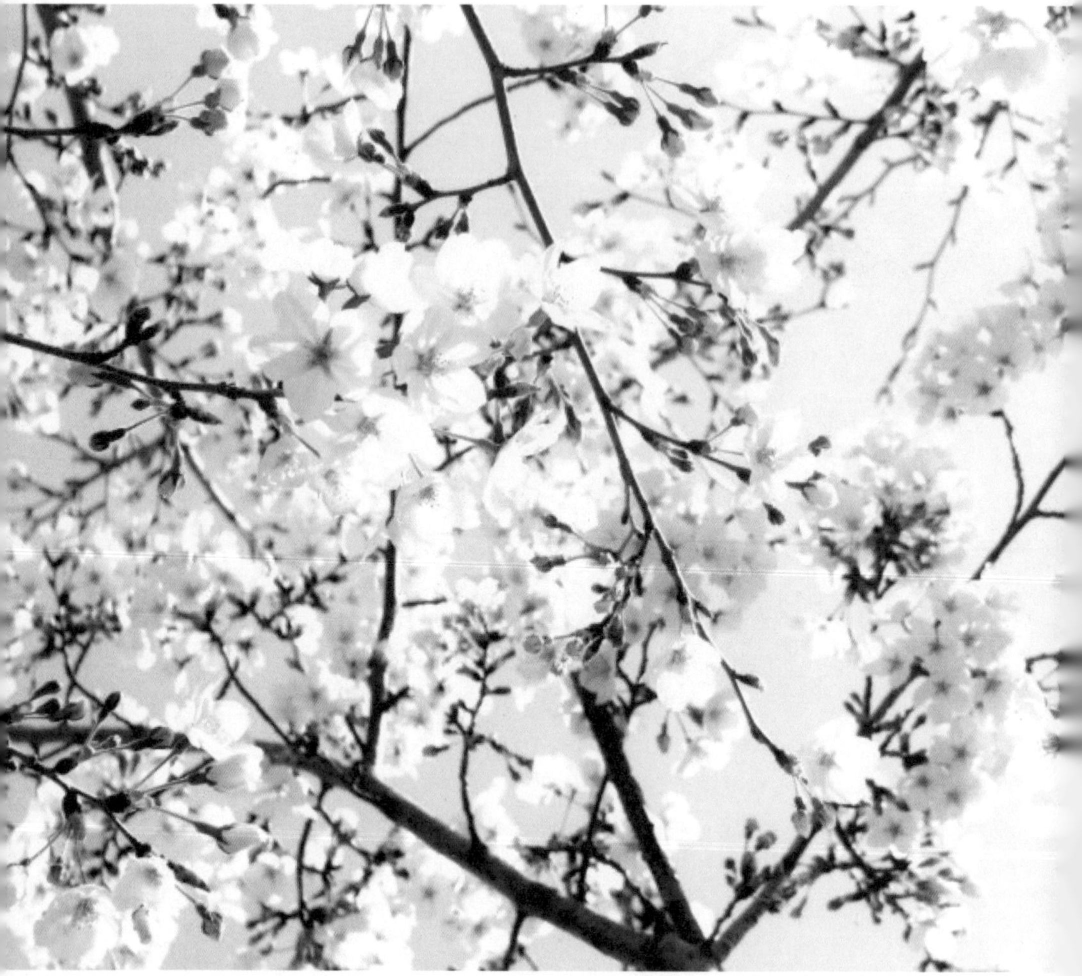

배려

누군가 너를 싫어한다면

그 사람이 세상을 구했다고 해도

너는 그 사람을 좋아하기 어려울 것이다

누군가 너를 좋아했다면

그 사람이 나쁜 행동으로 벌을 받는다고 해도

너는 그 사람을 싫어하기 어려울 것이다

사랑

관심

배려라는 것이

그런 것이다

책임

잘 믿지 못하는 것을 너무 나무라지 마라
책임은 언제나
잘못을 저지른 사람이 아닌
속은 사람이 지는 것이다

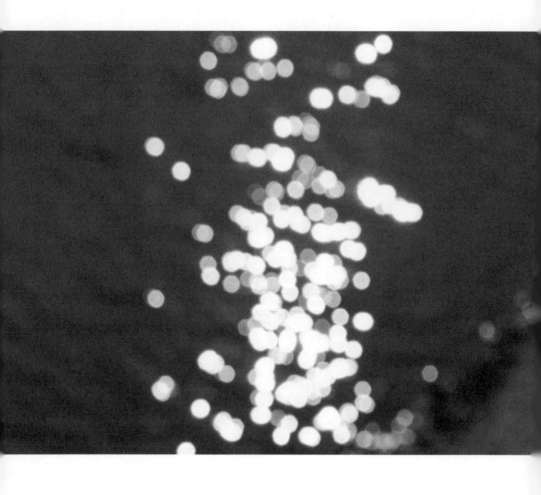

　가슴이 뜨거워지니 그 많던 생각들이 사라졌다

꿈을 깨고 나서 보이는 것들

붙잡아도 돌아오지 않는 사람은
스스로 가진 것을 많이 잃어야
자기가 돌아갈 길을 알게 된다

그저 친구가 되지 못했을 뿐

못된 사람은 없다

야박한 사람은 없다

우린 그저 친구가 되지 못했을 뿐

서로의 마음에 들어가지 못했을 뿐

가슴이 뜨거워지니 그 많던 생각들이 사라졌다

감정

감정을 모두 소모한 뒤에

참을 만큼 참은 뒤에

마지막 결정을 하면 늦다

기울어지기 시작할 때

가장 현명한 방법을 생각해야 한다

내일

행복한 지금이 모여
행복한 내일을 만든다

가슴이 뜨거워지니 그 많던 생각들이 사라졌다

가슴이 뜨거워지니 그 많던 생각들이 사라졌다

행복해지는 것

나에게 상처가 되는 사람이
이별을 말할 때는
이제 나에게 행복해지라고
말하는 것과 같다

용서할 수 있는 가장 빠른 방법은
행복해지는 것이다

나도 모르는 나의 나쁜 습관을
사랑하는 사람이 먼저 알아차리게 하지 마라

누군가를 존중한다는 것은
그 사람이 좋아하는 것을 존중한다는 것을 의미한다

사랑과 이기심이 동시에 채워질 때
부족한 부분이 없어진다

가슴이 뜨거워지니 그 많던 생각들이 사라졌다

패배

패배는 선택하는 것이다
패배는 운명이나 한계가 아니다
패배는 행복을 위해
스스로 선택하는 것이다

정말 사랑해주면
아껴주면
혹시 곁을 지켜주지 못하면
그 사람이 힘들어하지 않을까
걱정할 필요가 없다
정말 사랑했다면
정말 마음을 다했다면
내가 사라진다고 해도
그 사람은 행복할 수 있다
사랑받을 때 행복한 사람은
헤어진 뒤에도 행복해질 수 있다

　가슴이 뜨거워지니 그 많던 생각들이 사라졌다

마음이 편한 날

누군가가 먼저 마음이 떠났는데
억지로 잡으면
잡힌 사람은 모든 것이 마음에 안 들고
잡은 사람은 마음속으로 용서하지 못한다
헤어지기 좋은 날은
어느 한 사람의 마음이
떠나게 된 날이다

허전해

원하는 것을 얻고도 뭔가 허전한 것은

그것을 얻기 위해

누군가의 마음을 도려냈기 때문이다

해피엔딩

드라마나 영화를 볼 때
사람들이 원하는 것은
해피엔딩이다

너무 힘들어서
혼자서는 감당하기 어려울 때는
사람들이 원하는 것이 무엇인지 생각해보라
무심히 곁을 지나치는 사람들도
내가 용기를 가지면 함께 웃어줄 것이고
주저 앉으면 안타까워할 것이다

어둠

사람에게는 누구나 어둠이 있고
사람들 사이에서 어떤 의미가 된다는 것은
그 어둠을 이해하는 일이다
어둠은 비난할 것이 아닌
감싸안아줘야 하는 것이다

나는 그 사람이 빛나서 가까워졌지만
어둠의 통로를 함께 지나야
그 사람은 행복에 이를 수 있는 것이기에

이기심

이기심은 상처 받기 쉽고

겁 많고 미래에 대한 걱정이 많은 사람이

갖기 쉬운 것이다

집착은 누구도 행복하지 않은

서툰 사랑이다

이해와 배려는

자신이 원하는 것과

상대의 마음을 읽을 줄 아는 사람이 가질 수 있는 것이고

희생은 모두가 감격할 수 있고

상대에게 내 사랑을 깨닫게 하는

최후의 방법이다

가슴이 뜨거워지니 그 많던 생각들이 사라졌다

소중한 것을 잃는 것

소중한 것을 잃는 것
간절히 원하는 것을 얻지 못하는 것
사랑했던 사람이 내가 고치지 못하는 마음 때문에 미워하는 것
그저 슬픈 일 같아도
사실은 다 벌이다

인생을 잘못 살고 있다는 것은
나를 힘들게 하고
나에게 상처주는 사람을
가장 가까이에 두고
떠나지도 못하며
그 사람과의 이별을 두려워하는 것이다

성격

예전에는
운명이 모든 것을 좌우했다
아무리 노력해도
극복할 수 없는 것이 있었다

하지만 지금은
사람의 성격이
그 사람의 모든 것을 좌우하게 되었다

꿈

이루어지지 않는 것을 꿈으로 여기지 마라

간절히 원하는 것이 바로 꿈이다

헤어지기 좋은 날

누군가가 먼저 마음이 떠났는데

억지로 잡으면

잡힌 사람은 모든 것이 마음에 안 들고

잡은 사람은 마음속으로 용서하지 못한다

헤어지기 좋은 날은

어느 한 사람의 마음이

떠나게 된 날이다

가슴이 뜨거워지니 그 많던 생각들이 사라졌다

지나간 날들

과거가 의미 없는 이유는

지금 함께 있는 사람과 공유할 수 없는 것이기 때문이다

과거란 전적으로

나만의 것이다

바쁘다

바쁜 것이 아니라 정신이 없는 것이다
그가 너의 전화에 거절하는 것도
너를 사랑하는지 아닌지
정신이 없어서
사랑이란 온전히 정신을 차리는 일이다

그대가 나의 의미다

인생에 큰 의미를 가지는 사람이
나에게 상처준 사람이 아니라
내가 사랑하는 사람이 되게 하라

손에 쥐고 있어도
아무리 노력해도 허전한 이유는
네가 나를 사랑하지 않기 때문이더라

가슴이 뜨거워지니 그 많던 생각들이 사라졌다

그는 나의 전부였다

그는 확실히 내 전부였다
사랑하면서 전부가 될 수 있지만
사랑하지 않으면서도 전부가 될 수 있다
사랑하지 않는 사람도
가까이 두고 내 전부가 될 수 있다
다만 위험할 뿐

그가 날 사랑하지 않으니
나는 나를 사랑할 수밖에 없었다
나를 사랑하는 대신 나는 그를 지켜주지 못했다

누군가의 상처를
그 사람의 약점으로 생각해서는 안 된다

사랑하는 사람을 지켜준다는 것은
그 사람의 약점을 지켜주는 것이다

실력

실력이 없는 사람은
비판을 잘하고
남에게 주는 상처의 양만큼
스스로 똑똑하다고 생각한다
실력이 있는 사람은
필요한 조언을 할 수 있다
그래서
누군가의 삶을 바꾸기도 한다

편안하다

혼자 있어도 마음편한 사람은
좀 서운해도 마음이 편할 수 있는 사람은
다른 사람이 곁에 오면 그 사람까지도 함께 마음이 편안해진다

내 욕심 때문에 누군가 불행해지고 희생된다면
그때가 내가 멈춰야할 때다
나는 나를 과녁으로 화살을 당겼지만
그 화살에 맞는 사람은 나에게 가장 소중한 사람이다

어른이 된다는 건
단순히 나이를 먹는다고 결혼을 한다고 부모가 된다고
될 수 있는 것이 아니다
혈육이 아닌 타인을 사랑할수 있을 때 어른이 되는 것이다

이기적인 사람은 과거의 나를 미워하고
나와 비슷항 무언가를 피하고 착한 사람은 과거의 나를 아끼고
그와 비슷했던 무언가에게 관심을 가진다
그 차이다

그립다

행복하고 가슴 설레는 것도

사랑이지만

아프고

그리운 것도 사랑이다

기왕 사랑을 하라면

행복한 사랑을 하고 싶지만

사람은

행복한 사랑은 잘 양보해도

고통스럽고

멈출 수 없는 사랑은

포기하지 못한다

고통이

행복보다

더 많은 자국을 남기기에

　가슴이 뜨거워지니 그 많던 생각들이 사라졌다

용서의 가면

지금 힘들다고

좌절된다고

이전에 나에게 상처준 사람을

이해하고 관대하게 생각하는 것은

마음 약한 행동일 뿐이다

가슴이 뜨거워지니 그 많던 생각들이 사라졌다

솔직히

솔직한 것과
마음의 옷을 다 벗어버리는 것은 다르다
솔직한 것은 어렵게 느껴지는 것이고
마음의 옷을 벗어버리는 것은
멈추기 어려울 정도로 쉬운 것이다

솔직히라는 말을
누군가에게 상처줄 때 쓰지 마라

가슴이 뜨거워지니 그 많던 생각들이 사라졌다

사랑

나 자신을 사랑하면서 범하기 쉬운 실수는
가까운 사람을 지켜주지 못하는 것이다
가장 최적의 방법은
내가 나 자신을 사랑하는 동시에
타인에게도 사랑받는 것이다

연인이
다른 사람을 사랑하는 것보다
자기 자신을 사랑하게 될 때
그는 이제 돌아오지 않는다

가슴이 뜨거워지니 그 많던 생각들이 사라졌다

실수

실수를 저지르는 것보다
실수를 탓하고 원망하는 것이 더 나쁜 것이다
누구나 할 수 있는 실수에 대처하는 방법은
실수가 났을 때는 함께 해결책을 찾아보는 것이다

진심이란
편이와 이익대로 편집되고 왜곡되기 때문에
좀처럼 전해지지 않는 것이다

이별은 일방적으로 돌아서는 것이 아니라
보내주는 것이다

이별은 뒷모습을 보여주는 것이 아니라
뒷모습을 바라보는 것이다

사랑

사랑하는 사람 때문에 불행해지기는 쉽다

그 사람에게 꿈이 있으면

그 사람에게 양보할 수 없을 정도로 소중한 것이 있으면

그 사람에게 아무도 접근하지 못할 자기만의 상처가 있으면

그 사람이 나를 너무 사랑하면

그 사람이 나를 사랑하지 않으면

그 사람이 집착을 사랑으로 생각한다면

사랑하는 사람 때문에 불행해지기 쉽다

하지만 행복해지는 것은 어렵다

그러니

그 사람이 어떻게 나를 대하든

내가 사랑할 수 있다면 행복해질 수 있다

그러니까

그 사람이 내 곁에 있다는 것으로도

행복해질 수 있어야 한다

가슴이 뜨거워지니 그 많던 생각들이 사라졌다

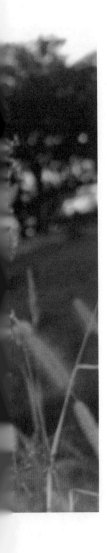

그대를

내가 그대와 함께 있어 좋은 건
그대가 나에게 잘해주기 때문이 아니라
내가 그대를 사랑하기 때문이다

마음을 지키는 사람

누군가가
나를 사랑한다고 말하면
그 마음을 지켜주는 것은
바로 나 자신이다

사랑은

누군가 나를 사랑해주면

나는 행복해지기 쉽고

누군가를 나를 사랑해주지 않으면

나는 행복을 챙기고 살만큼 여유가 없다고 생각하게 되고

누군가를 나에게 집착한다면

나는 행복이 무엇인지 모르게 된다

그것을 사랑으로 받아들여야 하므로

전부

열정을 쏟았는데 그것이 내 전부가 된다면
불행해지기 쉽다
아무리 소중하고 최선을 다해도
그것이 내 삶의 일부라면
상처받지 않는다

가슴이 뜨거워지니 그 많던 생각들이 사라졌다

말

자신있는 말을 믿기 쉽지만

진실은

머뭇거리는 말

망설이는 말

감춰진 말에 있다

누군가의 말을 들을 때

내가 듣기 싫은 말

공감할 수 없는 말

은근히 외면하게 되는 말에

귀를 기울이면

그 사람의 마음을 읽을 수 있게 된다

대화를 한참동안하고

많은 시간을 함께 해도

그 사람이 어떤 사람인지 모르고

그 사람이 왜 그랬는지 알 수 없을 때는

마음을 읽지 못했기 때문이다

믿음

사랑이든 일이든 성공하기 위해서는

믿어야 한다

내가 원하는 것을 얻으려면

일단 믿어야 한다

누구나 불안해한다

어떻게 될 지 아무도 모른다

하지만 믿지 않으면 아무것도 이루어지지 않는다

불신은 쉽지만

믿는 건 어렵다

그러니까

믿을 수 있는 건

능력이다

가슴이 뜨거워지니 그 많던 생각들이 사라졌다

취향

누굴 만나도 사랑이 다 뻔한 이유는
모든 사람에게는 어둠이 있기 때문이다
그 양과 밝기에는 차이가 있지만
가까워지면 그 사람의 어둠을 경험할 수밖에 없다

밝게 빛나는 그 사람의 매력에 반해서
어둠을 겪고 이해하는 것이 바로 사랑이다

그 사람이 좋아하는 것들
해바라기
카푸치노
별것 아닌 것 같아도 대단하다
그는 나를 사랑하지만 언젠가 질릴 것이지만
평소 좋아하는 것들은 변하지 않는다
사랑은 변해도 취향은 변하지 않는다

그러니까 나는 너의 취향이 되고 싶다

꿈

꿈을 이루면 허망해지고
꿈을 이루지 않으면 그냥 잊혀진다

그는 나쁜 사람이 아니라 그저 내가 싫을 뿐

　가슴이 뜨거워지니 그 많던 생각들이 사라졌다

아껴둔 사람

널 좋아하는 동안
내 사랑을 다 주지 않고 남겨두었다
그런데 너는 네가 받은 사랑이
내 전부인 줄 알았겠지
네가 떠난 지금도
너는
내게 아직 내가 주지 못한
숨겨둔 사랑이 있다는 것을 모르겠지

함께 있을 때는 몰랐는데
헤어지고 나니
그가 나를 사랑하지 않았다는 것이 뼈아프게 느껴진다
사랑했다면
어쩌면 혼자가 되어서도
외롭지 않을 텐데

가슴이 뜨거워지니 그 많던 생각들이 사라졌다

에필로그

사랑하는 사람과 행복하세요

하고 싶은 생각만 하고 하기 싫은 생각은 접어둘 수 있다면 참 편안해집니다. 하기 싫은 생각도 할 수밖에 없는 이유가 있기 때문에 하게 되는 것입니다. 무언가를 긍정적인 시각으로 볼 수 있는 힘, 허영심과 야망을 넘어 행복에 이르는 길 또한 바로 이러한 과정을 통해 이루어진다고 해도 과언이 아닙니다.

불행하다고 느끼는 것, 부족하다고 느끼는 것은 바로 불필요한 생각이 자리잡고 있기 때문입니다. 쓸데없는 생각이란 엔간해서는 지워지지 않는데 가장 손쉽고도 확실한 방법은 열정을 품고 끈기 있는 애정으로 바라보는 것입니다.

어떠한 포부를 가지고 일을 할 때도 결과물이 빨리 다가오지 않으면 쉽게 지치기 쉽습니다. 시험 공부를 할 때도 그렇고, 일을 할 때도 그렇고, 달콤한 사랑을 꿈꿔도 몇 번의 이별을 겪으면 사람은 냉소적으로 변하기가 쉽습니다. 그래서 얻은 것은 없고 불행하다는 생각과 동시에 생각만 많아져서 무언가를 결정하고 선택하는 일에 주저하기도 합니다.

무언가는 사랑한다는 것은 마지막도 아름답게 만들어줍니다. 많이 사랑하고 최선을 다했는에 일에서도 성공하지 못하고, 사랑했던 그 사람이 배신하면 어쩔까 망설여질 때가 있습니다. 나중에 상처받을 것이 두려워 가슴을 뜨겁게 하지 못하고, 저울질을 하고 머릿속에 여러가지 일련의 계획을 세워두곤 합니다. 그것이 하나둘 생겨나는 일련의 쓸데 없는 생각들입니다. 애정이란 비록 나를 빗나간 그것들을 따스한 시선으로 배웅할 수 있는 힘입니다. 바록 내 곁에 평생 있어주지 않은 한때 나의 반쪽, 나와 인연이 없었던 직장, 시험까지도 이별하는 순간에는 고맙다는 말을 할 수 있게 하는 힘입니다.

제대로 쓸모 없는 것 중에 하나가 원망입니다. 나에게 상처준 것들을 탓하느라 최선을 다했던 나의 소중한 열정을 비난해서는 안 될 것입니다. 특정한 목표나 비록 사랑하지만 사람을 믿는 일은 때로 두려울 수도 있습니다. 내 의지와 상관없이 나의 의도가 빗나가버리면 그만이니까요.

나 자신을 믿는 일. 그것이 우선되어야 합니다. 어떤 목표를 가지고 최선을 다하는 나, 누군가를 사랑하는 나 자신을 믿어야 합니다. 시간이 흐르면 어떤 결과든 상관없이 내가 그 시절에 최선을 다했느냐, 열정을 다했느냐만 남습니다. 모든 것은 처음이 있고 끝이 있습니다. 성공을 해도 언젠가는 제자리로 돌아오게 되고, 사랑하는 사람을 얻어도 언젠가는 이별하게 됩니다.

이 책을 통해 만난 소중한 독자님들,

사랑하는 사람과 행복하세요!